ボクの歩む道

錦鯉
ホトトギス
カモシカ
雉トラ
イチイの木

文、挿絵　森　秀樹

はじめに

私は今、マンションで暮らしですが、24年間、岐阜市日野北の清眺台《せいちょうだい》という所に住んでいました。長良川に面する丘陵地で、一番上でした。そこからの景色は良いものの、雪が積もる冬は大変でした。そこでの経験が1、2、4話となっています。

団地の東の端にコンクリート製の水そうがありました。誰が世話をしていたかは不明でしたが、大きな鯉《こい》や比較的小さな錦鯉、金魚などが泳いでいました。私は散歩の際にその水そうをのぞき、時々ちぎったパンを魚にやったりしていました。その水そうには小さな谷川の水が注いでいて、あふれた水は水そうの端から急峻《きゅうしゅん》な排水溝に流れるようになっていました。

大雨の後のある日、私は気に入っていた赤い錦鯉がいなくなっていることに気がつきました。なぜ錦鯉がいなくなったのか。おそらくあふれた水と共に排水溝を通って50メートル下の小川へ流れ落ちて行ったのであろうと思い至りました。小川は長良川に続いており、私は鯉が無事に長良川にたどり着けば、鯉の冒険旅行が始まるかもしれないと思いました。それが第1話の始まりです。

私は顕微鏡による観察の仕事をしているせいか、自然観察が好きです。丘の上ではいろいろな鳥の鳴き声や姿に接します。鳥にも「動」と「静」があり、「動」の代表にはけたたましい鳴き声のコジュケイや、特徴的な鳴き声のホトトギスがいます。ホトトギスが自宅の中庭に虫を食べに来たことがあります。今でもホトトギスの鳴き声を聞きたく、6月ごろにその団地の方面をうろつくことがあります。冬鳥は「静」の鳥で、雪が残っている枝に止まっている鳥には風情があります。最も好きだったのはヒレンジャクです。本書では第2話でホトトギスについて書いています。

ある人から木はどうかと言われたのがきっかけで、第5話では木を題材にしました。いずれにしても、最初は児童文学を目指して書き始めましたが、表現力と児童心理学の素養に乏しく、漢字多用となってしまいました。さらに、自説、自分史も入り、かなりヘンテコリンな内容になったことを否《いな》めません。読者の方々は当惑されるかもしれませんがご容赦願います。

当初、挿絵はある人に依頼する予定でしたが、お忙しそうなので自分で書くことにしました。意外に短時間で挿絵はできました。自分で言うのもおこがましいのですが、ひょっとして、絵の才能ありかとニンマリしています。暇つぶしに読んでいただけたら幸いですし、厳しいご意見もいただけたらと思っています。

目次

1　ボクの歩む道　錦鯉の川下り　9
2　ボクの歩む道　ホトトギスの選択　23
3　ボクの歩む道　シカに育てられたカモシカ　35
4　私の歩む道　ノラ猫育ちの雉《きじ》トラ　47
5　ボクの歩む道　イチイの木　63

錦鯉の川下り

1　ボクの歩む道

ボクはいつ、どこで生まれたかを知らない。ボクは水そうの中で生活している。水そうの壁は硬い石だ。水そうの一番上まで泳ぐと、少しだけれど、青いお空と緑の木々が見える。よくは分からないが、水そうの一部に少しだけ、山からの水が注がれている。水そうの底は暗いし、とても深い。

ボクの周囲には色と大きさの違う魚たちがいる。多くは黒っぽく、小さいけれどボクと大きさも一緒で、赤と白のまだら模様の鯉がいる。ボクの友達だ。友達の方がボクよりも赤の部分が多い。ボクたちは錦鯉と呼ばれている。ボクたちは会話はできないが、目で合図を送ることができる。ボクたちは普段水面に落ちてくる虫を食べている。最初は食べるのに勇気がいったが、今は平気だ。それに、食べなければ元気が出ない。

水そうの底の方には大きな黒い色の鯉が住んでいる。ボクたちはこの大きな魚が怖いので、底の方には行かない。時々、水面に大きなヒトの顔がのぞく。大抵、そんな時には、水面にパンの切れ端がたくさん浮かぶ。ボクたちにとって大事な時だ。パンは柔らかくて、おいしい。でも油断ならない。食べようとすると底の方から大きな鯉がパンに向かって突進して来る。そんな時、ボクたちものみ込まれそうになる。だから、大きな魚が底へ去った後に残りのパンの切れ端を食べる。

ボクたちが気をつけていることがまだある。水そうの端に近づかないことだ。時々、とても鋭い爪の大きな猫の手が水の中に突っ込んできて、ボクたちを捕まえようとする。ボクは水そうの仲間の魚が猫に捕まってしまった瞬間を覚えている。とても怖かった。

雨が降る時は山から注がれる水が多くなる。濁った水も多くなるし、虫も落ちてこないので、水面には近づか

ない。水そうの上の方には水が注がれる場所の他に、水があふれ出て行く所がある。水が出て行く所は普段は見えない。ある大雨の日のことである。

ボクと友達は水が出て行く所へ近づいた。友達がそこをもっと見たいと言ったからだ。突然、友達が流されて姿が見えなくなった。ボクも友達を追いかけた。そこは水そうから水が外へ落ちる所で、ボクは滝つぼに落ちるように転げ落ちた。何度も何度も体を打ちつけながら、転げ落ちて行った。意識もほとんど無くなった。


気がつくと広い池のような所にいた。友達も無事だった。水が濁って周囲がよく見えなかったが、水草がたくさんあって、今まで見たこともない景色だった。

ゆっくり泳いで行くと、水草の間に小さな魚、虫、蛙さんたちがいた。さらに進んで行くと流れの速い広い川が眼の前に現れた。

とても大きな川だった。水そう育ちのボクたちには信じられない世界だった。ボクたちは流れの緩やかな所を選び、大きな川の端に沿って下り始めた。ふと見ると、ボクたちの前にものすごく大きな黒い魚が立ちふさがっている。大鯉だった。

でも目は優しい。鯉はボクたちの周りをゆっくりと泳ぎながら、次のように言った。

「お前たちがどこから来たのか知らぬが、赤と白が混じった色をしていて、目立って仕方がない。すぐにも見つかるから注意せよ。川の端の草が多く生えている所を選んで行くのだ。ただし、川の淵にも最近よく見るようになったブラックバスなどの危険な魚がいるからくれぐれも注意せよ」

川の主だったかもしれない。

そうして、ボクたちの川下りは始まった。ボクたちの前には今まで見たこともない魚たちがいっぱい泳いでいた。小さな魚たちは群れをつくっていた。小さなエビたちもいっぱいいた。ボクたちは急にお腹が減ったことに気づき、小さなエビさんをたくさん食べさせてもらった。

川の端には穴がいくつもあり、不気味だった。案の定、ボクたちの前に巨大で恐ろしい魚（ナマズ）が飛び出してきて、目の前の小魚を一飲みして戻って行った。別の穴からはヘビのように大きくて長い魚（ウナギ）が出てくることもあった。川の端が必ずしも安全ではないことを学んだ。

ボクたちは川の真ん中にも行ってみた。水が透明できれいだった。ただ、流れが速いから泳ぐのが大変で、必死に尾ビレを振らなくてはいけなくて疲れた。流れの速い所にもたくさんの魚たちがいた。

その中にはアユという魚もいた。彼らはしきりに岩に着いた苔をかじっている。

ボクたちも苔をかじってみたがおいしくはなかった。

川を下って行くと、流れが緩やかになり、川幅がすごく広くなった。ボクたちはゆっくりと泳いでいた。急に、おいしそうな食べ物の匂いが漂ってきた。匂いのする所に近づくと、さつま芋だった。芋切れは以前水そうの中に放り投げられたことがあったから、知っていた。ボクたちは芋を食べ始めた。その時だった。友達が苦しそうに暴れた。口に針がかかって必死に外そうとしていた。しかし、針についた糸が徐々に引っ張り上げられていく。友達は尾ビレを振って「助けて……」と叫んでいたが、ボクは何もできなかった。芋切れの中に釣り針が入っていたのだ。

ボクは突然大事な友達を失った。どうしていいのか分からなくなった。今まで、2人でいたのに1人になってしまった。

ボクはぼんやりと川下の方に流れて行った。途中で、大きな鯉にぶつかりかけた。ボクは水の流れに身を任せるように川下の方への長い旅を続けた。随分川を下ると流れがほぼ止まり、湖のような所に来た。さらに進むとコンクリートのような硬い壁に行きあたった。壁の周囲にはたくさんの魚が群れていた。皆どうしていいか分からなくなっているようだ。ボクも他の魚たちと一緒にしばらくの間、壁の前の近くで時を過ごした。しかし、壁に沿って泳いでいたある時、突然強い流れに巻き込まれ、水と一緒に下の方に叩き落とされた。どうやら河口堰《かこうぜき》を下流に抜けたみたいだ。

そこは全く異なる世界だった。信じられないことに、水が塩辛く、呼吸をするのが苦しい。泳ぐと苦しいのでできるだけ堰《せき》の近くに動かずにとどまっていた。しばらくすると少しだけ海水に慣れてきた。泳いでいる魚も今までと違っていた。クロダイ、ボラ、スズキという魚さんたちだった。彼らも錦鯉を見るのが初めてらしく、めずらしそうにボクを見つめている。ボクはなんとかして堰の向こう側へ戻りたかった。壁に沿って右に左に進んでみたが上流に行く通路は見つからない。思い切って壁に沿って行き着く所まで泳いでみた。

やっと、通路が見つかった。通路は思ったより、狭い。連続する階段のような構造の中を進む。不安がいっぱいだったが、精いっぱい頑張って、堰の上流の淡水の世界へに行き着くことができた。生きていて良かったと思った。

ボクには浸透圧の知識もないが、できるだけ壁の近くにとどまっていたことが助かった理由のように思う。鯉のボクにとって、堰の出入りは命がけだったが、川の水にも、海の水にも住めるウナギやサツキマスたちはどうやって生きているのだろうか？　それにしても、海から遡上する魚さんたちがあの狭い魚道を見つけることは大変なのではないか？

堰の上流に戻って、ボクはすっかり元気になり、虫、川エビ、小魚など食べられる物をいっぱい口にした。

それからボクはこの川の下流域に1年以上も滞在した。ボクの体は以前に比べて大きくなった。しかし、相変わらず体の色は赤と白のまだら模様のままだ。アユやサツキマスなどが上流を目指すころになるとボクもなぜか、無性に以前住んでいた川の上流が懐かしくなり、上流へ進むことを決めた。ボクの体の色は目立つので、川面へ出るのはできるだけ避けた。ミサゴのような大型の鳥に襲われることを防ぐためだ。上流への旅は川下に流されるのと違い、簡単ではない。特に大雨の後では川は濁流に変わる。そんな時には川の端でじっと身を潜めていた。

あるころから、ボクより少しだけ体の小さな黒っぽい色の鯉がボクの近くに寄って来ていることに気がついた。ボクの体の色が変わっているからだろうと思ったが、そうでもない。どうやら女の子の鯉らしい。顔つきも目もかわいい。ボクも一緒にいると楽しいし、彼女も「ついて行っていい?」と言っているようだ。こんな気持ちはボクの人生で初めてだ。

彼女と一緒に泳いでいると、しばしば、邪魔をしにくるオスの鯉たちがいる。

しかし、ボクには負けない自信があった。

たぶん、海の世界を経験したからだと思う。

彼女の姿が見えなくなる時には不安になる。

しかし、大抵、すぐにボクの横に戻ってくる。

ボクの体の色が目立つのか、ボクには分からない仕組みがあるのか分からない。

ボクは絶対、彼女と離れたくないと思うようになったし、未来が開かれた感じがする。

ボクの記憶ではもっと上流に、美しい濃紺の淵がある。
あそこなら、ボクの色も目立たないし、彼女と落ち着いた時を過ごせると思う。彼女を幸せにするためにもボクは今までの経験を生かし、もっと強く、賢くなりたい。

錦鯉：観賞用に改良された鯉の品種で、色あざやかな模様を持つ。
川の淵：流れが緩やかで深い所。
河口堰：河川が海や湖に注ぎ込む所に流水を制御するために設けられるダム以外の構造。（例　長良川河口堰）
長良川河口堰の魚道：両岸にロック式魚道と呼び水式魚道が、加えて右岸にはせせらぎ魚道も設置されている。
浸透圧：濃度の異なった種類の液体を隣り合わせに置くとお互いに同じ濃度になろうとする力。

2　ホトトギスの選択

ボクの歩む道

著者が住んでいた岐阜市郊外の山の斜面では6月ごろにホトトギスの鳴き声がよく聞こえ、その特徴的な鳴き声に興味を持っていた。ホトトギスは古来代表的な夏の季語とされており、「春は花、夏ホトトギス、秋は月、冬雪さえて冷しかりけり」など有名な歌に紹介されている。

ホトトギスはカッコウと同様に托卵《たくらん》をする鳥である。カッコウの托卵はアリストテレスの時代に既に紹介されており、ホトトギスの場合は万葉集にも出てくる。ただし、托卵は残酷な繁殖方法であり、宿主の卵やヒナを犠牲にする。ホトトギスの托卵についての実態はよく知られているものの、非托卵の場合の情報は少ない。後者の場合、実際どのように対応しているのか―。推論を試みた。

ボクはホトトギスという鳥だ。ボクには2人の親がいる。1人は生みの親で、もう1人が育ての親だ。育ての親はウグイスで、小さな体でまだ卵だったボクを温めてくれて、ヒナになったボクを育てるためにたくさんの虫を獲ってくれた。大変、感謝している。

生みの親のことはよく知らないが、巣立ちのころ、巣の近くで、「ピッピッピッ」などと大きな鳴き声を立てていた鳥が親らしい。

一度、育ての親のウグイスが生みの親のホトトギスに激しく鳴き立てていたのを覚えている。

巣立った後でも、しばらくの間、ボクは育ての親からエサの虫をもらっていた。どうして生みの親が自分の子どもを他の鳥に育てさせるような面倒なことをしたのか、今でも分からない。

ボクは巣立ち後まもなく羽が丈夫になって、飛ぶことも平気になり、虫を捕まえることも問題なくなった。ボクは特に毛虫が好きだ。育ての親と別れたボクは、2か月もすると、生まれた山里周辺を自由に飛んでいた。ただ、ボクの鳴き声はまだ「キョキョキョキョ」程度だった。夏の終わりごろには、ボクはすっかり大人の体型になり、鳴き声も「トキョキョカキョク」や「キョッ、キョン、キョキョキョキョキョ」などそれらしくなってきた。同時に、本能のせいであろうか、暖かい南の方へ旅をしたくなってきた。というより、誰かがボクに「南へ行け」とささやいているような気がした。

ホトトギスの旅の理由に、木の実を食べない肉食系であるため、冬でも昆虫がたくさんいる所が必要ということがある。ホトトギスの南の国を目指す渡りは、単独の夜間飛行によって行われるきついものだ。

ボクは天候の良いある日の夕刻にできるだけ高く舞い上がり、南に方向を定めた。渥美半島、紀伊半島、四国、九州の海岸に沿って飛行し、ひたすら南を目指した。どうして、迷わずに方向を決められるのか、自分でも分からなかった。途中で、奄美群島の中の1つの島で休憩をとった。2、3日後の夕刻に台湾を目指してさらに飛んだ。天候の良い日を選ぶのは星の位置を確認するからである。台湾の次には中国南部を目指した。いずれにしても、行ったことがない所へ1人で危険な渡りができるのはボクたちの高い身体能力によるものである。

それにしても、未経験のボクが1人で、中国南部の湖がある低い山地にたどり着いたのは自分でも奇跡みたいだった。ボクは初めてのこの地に、翌年の春まで滞在した。その間、イヌワシに襲撃されたり、ヒトに銃で、命を狙われたりもしたが、なんとか食べられずにすんだ。一方、その地は温暖な気候で、虫が豊富にあり、ボクの体はさらに立派になった。不思議なことに、その地では「トキョキョカキョク」などのさえずり声を出す気にならなかった。

翌年の5月になると、また、本能による新しい衝動が体をゆすり始めた。生まれた地である日本を目指すものだ。今度の旅は前回と比較し、楽に感じた。飛ぶ力も強くなったし、風向きが良かったからである。

台湾上空を通過するある夜のことである。横の方角から、「ピ、ピ、ピ、ピ」という小さな音が聞こえ、音は次第に大きくなった。ボクと同じ、ホトトギスらしい。よく見ると、女の子のホトトギスだ。一緒に行っても良いかと聞いている。ボクも彼女がすぐに気に入ったし、彼女を放っておけなかった。こうして、彼女と２人で、日本への旅をすることとなった。

彼女も日本生まれで、やはり中国南部にいたようである。日本のどこを目指すか決めていないようであるし、２人でボクの生まれた地である日本の中部地方を目指すことになった。ボクには新たに責任が生まれたものの、旅はワクワクするものとなった。基本的に夏鳥であるホトトギスが、日本に来る目的は繁殖のためである。ボクと彼女の旅も自然に新婚旅行のようなものになった。

ホトトギスは托卵をする珍しい鳥である。ボクたちは托卵について話し合いをした。彼女は托卵はごく自然のことと思っていた。ボクの意見は托卵ではなく普通の鳥のような方法で育てられないかというものだった。托卵は親のウグイスがいない間に、先に生まれたホトトギスのヒナが、ウグイスの卵やヒナを巣から突き落とすことを意味する。

ボクも親のウグイスがいない間に、ウグイスの巣に生み落とされた。ボクがウグイスの子を巣から突き落としたかと思うと、とても悲しい。

ホトトギスが托卵をする理由として、体温が変化しやすく抱卵に不向きな鳥であるにしても、自分たちの子どもは自分たちで育てるのが正しいのではと主張した。

彼女は最初ボクの意見に抵抗していたが、最後には同意してくれた。こうして、2人で子どもを育てる努力をしようということになった。彼女自身、ウグイスの留守の時にウグイスの卵を1個捨て去り、その巣に自分の卵を生み落とすことに抵抗を感じていたようでもある。

ボクたちは自分たちで卵を温め、ヒナを育てるために、大きめの木の上にワラや木の枝などを集め、比較的に大きな巣を作った。自分たちの綿毛の少なさを補うため、稲穂や他の鳥の羽毛などを集め、巣の底に十分敷いた。夜間、体温が下がる時には2人で一緒に卵を温めることにした。こうして2週間頑張り、彼女が生んだ2つの卵から無事に雌雄《しゆう》のヒナたちがかえった。

昼間、ボクが抱卵している時にカッコウが訪ねて来たことがある。カッコウは「お前は何をしているのか？　托卵は当たり前のことで、お前たちのやっていることは種族のオキテを壊していることだ」とわめいていたが、ボクは何も言わなかった。ボクたちのヒナたちはすくすくと育った。エサの虫探しに忙しく大変だったが、少しも苦労と思わなかった。

ヒナを育てている時、彼女は1つ不安があると言った。自分たちの子どもは、この先、ホトトギスが自然に行っている托卵をできなくなるのではないかと。そのことはボクも考えていた。ボクは彼らの将来は彼らに任せようと言った。彼女は再び理解してくれた。

この年の秋に、ボクたち親子は4羽で編隊を組んで南へ飛び立った。もちろん、それまでに男の子は「トキョキョカキョク」などのホトトギスのいくつかの鳴き方を十分にマスターしていた。旅立ちを見た人は小型のカモの家族ではないかと思ったかもしれない。

ボクたち親子は南の国を目指すにあたり、まず日本のいくつかの公園などに立ち寄り、十分に虫を食べ、栄養をたくわえた。同じ南を目指すのでも、方向は個人の意思によって決められる。

ボクたち夫婦はとりあえず経験のある中国南部を目指す。子どもたちの行き先はマレーシアかインドネシアかもしれない。子どもたちの旅の安全と多幸な未来を願ってやまない。

托卵：自分の卵と誕生したヒナの世話を他の個体へ任せること。
宿主：ある生物が他の生物にとりつく場合、とりつかれる動物や植物のこと。
奄美群島：鹿児島と沖縄の間の８つの有人島。

3　ボクの歩む道

シカに育てられたカモシカ

ボクはカモシカの子どもだ。シカに似ているが、ヤギと同様、ウシの仲間だ。カモシカは高山にいることが多いが、時には里にも下りてくる。食べ物のせいだ。

ボクは白山山系に生まれて以降、ずっとお母さんと一緒だ。今でも時々、お乳をねだる。お父さんには会ったことがない。お母さんはボクに山道の歩き方、特に斜面の上り方、下り方、雪の上の歩き方を何度も教えてくれた。

お母さんは時々、崖の上からどこかをじっと見ている。お父さんを探しているのかもしれない。ボクも真似をしてじっと見る。そのうちに、ボクはだんだん崖の上からだけでなく、何でもじっと見るクセがついていた。自分では知らなかったが、このことが身を守るのに、重要なことであることを後に知った。

カモシカは最も食べ物の豊富な春に出産をし、子育てをする。カモシカの子は1年間だけ、母親のもとで、養育される。特に、厳しい冬の過ごし方を教えられる。ボクのお母さんは草の食べ方、食べることができる草と食べてはいけない草の見分け方、木の皮のむき方、木の枝や石にすり付けるにおい付け（マーキング）などいろいろなことを教えてくれた。

ボクの好物の草は最初に芽をふくイタドリやアザミだ。ボクが育った所では夏でも所々に雪が残っている。雪の下からのぞいている花を見つけるのが得意で、見つけた花を食べられるかどうかお母さんに尋ねる。ボクが生まれた年は雪が深かった。お母さんはボクを連れて雪の上を歩く時はとても用心深い。ボクがよく滑り落ちるからだ。

雪が少し残っている斜面を横切っているある日のことである。お母さんは立ち止まって耳を何度も動かし、何かの音を確かめようとした。お母さんはボクに速く歩くように急かした。その時、ボクは足を取られて転げ落ちた。お母さんはボクが落ちた所まで下りて来て、きつく叫んだ「早く逃げるのよ」と。その直後だった。ゴーというものすごい音と共に雪が土砂や木と一緒に落ちてきた。雪崩《なだれ》だった。お母さんはボクの上にかぶさるような姿勢を取ったが、あっという間に2人とも大量の雪に流された。ボクは気を失った。どれくらい、時がたったか分からないが、気がついた。雪の中で必死にもがき、ようやく脱出することができた。だが、お母さんは見当たらない。ボクは何度も「お母さーん」と叫んだ。しかし、返事はなく、雪の上を飛ぶカラスの鳴き声がするだけだった。

ボクは長い間、その場に止まっていた。そのうちに、その場にいることが危険なような気がして歩き出し、ようやく雪が消えた林の端にたどり着いた。それから、ボクはあてどなく、トボトボと林の中を歩いた。今まで、一緒にいた母がいない世界なぞ信じられなかった。夜中じゅう歩き、疲れ切り、このまま死んでしまうのかと思った。

明け方、ボクのお尻を誰かが軽く叩いた気がした。子どもを連れているお母さんシカだった。お母さんシカは子どもたちと一緒にボクにお乳を飲ませてくれた。シカのお母さんのお乳は、カモシカのお母さんのと同じ甘い味だった。ボクは生き返った。

　お母さんシカとその子どもたちは大きな群れに属していた。群れは草場を求めて移動する。ボクも群れの一員になった。シカは何かにおびえたりするとすごく速く走る。カモシカはシカほど速く走れない。いつも群れの最後尾でついて行くのに必死だった。しかし、この群れの中で、ボクは成長した。カモシカの成長は早く、1年でほぼ大人の大きさになる。角はシカと比べると短い。角のことで、いつも群れの仲間からからかわれた。

　シカもじっと見る習性があるが、ボクのじっと見るのは少し違う。大げさに言うと相手の心の中まで見るような眼力だ。シカの群れがクマに追いかけられたことがある。最後尾のボクは立ち止まって、クマと向かわざるを得ない。怖いが引き下がれないのだ。クマもボクにじっと見られると気持ちが悪いのか諦めて退散した。そんなことがあってから、群れの中で、ボクは一目置かれるようになり、サル、イノシシなどに対してもボクの眼力が頼りにされた。

群れの移動は多様である。時々、ヒトの住む里に下り、畑の野菜を食べることがある。ボクはこういうのがイヤだった。畑の周囲には電流が流れるネットが張り巡らされていることがある。一度、感電し、信じられないほど不愉快な気持ちを味わった。そんなことがあったからではないが、徐々にボクは群れを

離れてもっと海抜が高い方に行きたいと思うようになった。シカのお母さんに別れを告げた時、「アナタは時々、とんでもなく大胆なことをするから、くれぐれも気をつけて」と言われた。シカのお母さんには集団の中で協調することを教わり、それで生きのびることも多かった。次の年の春には生まれ育った白山山系の高所で行動していた。

独り立ちしてしばらくしたある日、ボクは崖の上から遠くの方をぼんやりと見ていた。ふと見ると、雪の積もった谷間をカモシカがこちらの方角に1人で渡ろうとしていた。ボクは瞬間的に危険な空気を察知した。そのカモシカのかなり上の方で、少しの雪煙が見えた。その直後、普段声を発しないボクがあらん限りで、「キューン」と叫んだ。

カモシカは一瞬ボクの方を見て事態を理解したようで、小走りで谷間を抜けようとした。

だが、その時には雪崩がゴー音と共に押し寄せ、あっという間にそのカモシカは雪にのみ込まれた。ボクはできるだけ正確に雪崩のいちばん前の場所を確認してから、崖を大急ぎで駆け下った。

現場に立つと、カモシカは雪に埋まった状態だが、体の一部がのぞいていた。ボクは急いで雪を後ろ足で蹴り出したりして取り除いた。幸い、カモシカは大丈夫だった。そのカモシカは若いメスだった。これが彼女との出会いだった。

それからボクは彼女と行動を共にするようになった。考えて見れば、2人でエサ探しをする方が効率的である。雪の下のハイイヌガヤやヒメアオキなどの葉を掘り出し、小枝や木の芽を立ち上がって摘んだりした。

ボクたちが2人でいると時々邪魔が入った。オスのカモシカである。カモシカも繁殖期に入っていた。メスをめぐるオスの間の決闘の時である。実はボクはこういうことは苦手で、自信もない。しかし、引き下がるつもりは少しもなかった。ボクは相手のカモシカに対して前足をそろえ、相手の目の奥を射抜くような眼力ビームを送った。やがて、相手は戦うことを諦めて去っていった。クマなどとの戦いの経験が生きていた。こうして、ボクと彼女は共に生きる新しいスタートを切った。

新しい生活を始めるにあたり、生活の場所のことをよく考えた。まずは雪崩に遭わないことが大事である。しかし、カモシカは元来、雪崩が起きやすい所を好む。理由は雪崩の跡地には若草の芽が吹きやすいからだ。そのため、カモシカの死亡原因の1位が雪崩となっている。

ボクは1年間に行動できるおおよその候補地をつくった。眺めの良い崖がある所、いざという時に逃げ込める急峻な岩場、陽の光に恵まれる衛生的な斜面、落葉広葉樹、針葉樹の豊富な所などである。それに彼女が望む場所も加えた。雪崩のよく起こる地域には雪解けまで、入らないことにした。ボクは2人の母から学んだ教えを大切にして、この大好きな白山山系で、彼女と新しい家族をつくりたい。

眼力：眼の表情や視線が他人に与える印象。
雪崩：山の斜面上に降り積もった雪がくずれ落ちること。
雪煙：雪がけむりのように舞い上がる様子。

4 私の歩む道

ノラ猫育ちの雉《きじ》トラ

著者の家に20年余にわたり、私ども夫婦と共に住んでいた猫がいた。彼女はもともとノラ猫だった。彼女にとってここでの生活が幸せであったかどうかは分からない。ただ、この猫によって私どもは癒やされ、温もりのある時を送れたことは事実である。気恥ずかしい気もするが、彼女との生活を猫の視点から紹介させていただく。

私はメスのノラ猫で、母一人、子一人で暮らしてきた。

私は雉トラだが、母は銀色をしており、気品にあふれ、美人だった。私にはもう1人の白色の姉妹猫がいたが、いつの間にか行方不明になってしまった。

私の住んでいる所は丘の上で、結構立派な家が並んでいる。この辺りには猫が多い。捨て猫が多いのかもしれない。私たちノラ猫の他に、家猫も多く見かける。

その中で家猫らしいが、大きくて、人相の悪いオス猫（ガオウと呼んでいる）がこの辺りを仕切っている。力関係で二番目になるオス猫（ノラ猫らしい）がいる。あだ名はライオン丸という雉トラだ。色からして、私の父親らしいが、確かめようがない。

母は子どもをオス猫たちから守るために転々とすみかを変えてきた。食料の確保は母親の最も重要な仕事である。母はいつごろからか、気前よくハムやソーセージなどをくれる家を見つけ、そこから、隠れ家へ、私のために食料を運んでいた。

私たちが主として住んでいた隠れ家は崖（防御壁に相当）の上のヤブだった。

ノラ猫の暮らしは楽でない。外敵が多いし、エサの問題もある。

第一、生活環境が不潔である。雨の降る日が厳しい。民家の軒下、樹木の下やヤブの中でやり過ごすにしても体は濡れる。そんな日には、ひもじさと共に強い寂しさを覚えた。

ノラ猫の子どもにとって、最も危険なのは大人のオス猫である。特に、私の母のような美人ともなるとオス猫が放ってはおかない。私の白色の姉妹が消えたのもオス猫の仕業と思っている。私は天性なのか、すばしこく、今まで、何度もオス猫に追いかけられたが、なんとか逃げのびてきた。

私はいつの間にか母と共に、気前よく食べ物をくれるその家に行くことになった。その家は団地の一番上にあり、木のテラスのある小じゃれた造りだった。奥さんと主人と2人で住んでいるようだった。

ハムなどの食べ物はテラスに置かれたので、母と私は1日の何時間かをそこで過ごした。奥さんは小ぎれいで、優しかった。

彼女は食べ物をくれるとき、そっと私に触れようとした。私は少しだけそれを許した。しか

し、母は強く拒絶した。

母は食事を含む前後の時間を過ごした後、「ルルッ」と小さく声を発した。家へ帰る合図だった。ほぼ毎日それを繰り返していた。

ある時、テラスと居間の間のガラス戸が開かれ、食べ物が居間のテラスに近い所に置かれた。食べたい私は恐る恐るガラス戸の敷居《しきい》をまたぎ、初めて家の中に入った。私がその居間の端で食べ物を食べていると、母もがまんができなくなり、ゆっくり警戒しながら、居間に入って来た。母は食べ終えるとすぐに「ルルッ」をやり、私を連れて家に帰った。

この家のご主人はお医者さんのようで、大学の教授もしているみたいだった。夫婦は時々、1週間程度、海外旅行のため留守をした。そんな時は誰かが来ており、テラスの上にはソーセージなどが置かれていたので、私たちも毎日留守宅に、食べるために通った。

夫婦が帰って来ているある日、私と母が居間の中で食事をしていた時、ご主人がそっとガラス戸を閉めた。

その瞬間、母は気が狂ったような行動をした。居間の大きなテーブルを飛び越え、キッチン・カウンターも越え、カーテンをよじ登った。脱出口を探していたのだ。私は茫然《ぼうぜん》と見ているだけだった。この家の夫婦の野生動物に対する認識は甘く、試みは失敗した。私と母の2人を家猫にできないかを試す行為だったが、拙速《せっそく》だった。

雨が絶え間なく降っているある日、天候が悪いにもかかわらず、私と母はこの家に来ていた。雨なので、食事は居間に置かれていた。食べ終わった母は外へ出て、「ルルッ」を繰り返した。しかし、私は雨の中を歩いて崖の上の家へ帰りたくなかった。母はなおも外で、「ルルッ」を続けたが、しばらくして去って行った。

これが私と母との別れであった。

このころ、私は既に少し大きくなっており、母にとっても子離れのタイミングだったかもしれない。その後、母猫が現れることはなかった。こうして私は家猫になった。この家の夫婦は、ノラ猫へのエサやりに対する罪悪感もあったし、母猫とけなげな子猫に対して、どうしようかと思案していたようだった。

私はこの家で「タラコ」という名前を付けられた。気に入らなかったが、名前を呼んだ奥さんの方を向いたので、名前は公認となってしまった。

家猫になって、私にまず行われたのはトイレの使い方の教育と浴室でのシャンプーであった。次は不妊手術。これは私にとってとんでもないことだった。獣医の所で行われた手術の後の痛みはひどいものだった。しかし、この夫婦は痛みに耐えている私を寝室の大きなベッドの上に寝かせ、そっと一晩中頭をなでてくれた。

元気になったある日、外へ出る自由が与えられた。これは夫婦にとっても冒険だった。二度と帰ってこなくなる可能性があったからだ。事実、半日たっても帰ってこなかった。いや、帰らなかった。夫婦は崖に、はしごを掛けて登り、タラコ、タラコと連呼した。声が大きかったので、近所の人も出て来た。結局、私は崖の上の草の中から「ニャア」と言いながら這《は》い出した。崖下へ下りるのが怖かったのである。次いで、私は奥さんの足に機嫌を取るため、すりすりをした。

これで、本当に家猫になった。

この家は大きかった。トイレも3箇所にあったし、暖炉もあった。家の隅々まで見て回るのに時間がかかかった。また、この家ではお客が多かった。これがイヤだった。ノラ猫なので、警戒心が強い。お客がいる間は見つからないようにどこかに隠れていた。大抵が2階の押し入れだった。

ある時、若い2人の外国の女性のお客が来て、この家に泊まっていった。私にとって、来客が急だったので、隠れる所がなく、咄嗟《とっさ》にテレビの後ろに隠れた。数時間後、私はがまんし切れなくなって、勢いよく飛び出し、逃げた。お客たちはテレビの方角から黒い何かが走ったと言ったが、猫とは分からなかったようである。

ある日、この家に多数の客が来て、パーティが開かれた。私はいつものように隠れていたが、主人に捕まえられ、客人に紹介すべく、お客たちの方へ連れて行かれた。そこで、大暴れし、客の1人におしっこをかけ、別のお客の服を爪で破った。私に言わせれば、全ては主人の責任だった。私は一度、ペットホテルに連れて行かれ、次の日まで滞在させられた。夫婦の不在の時に備えての試みであったらしい。次の日、ホテルの人から、このようなネコは二度と連れて来ないようにと言われたらしい。一晩中、ギャーギャーとケージの中で泣きわめき、他のイヌ、ネコが大変迷惑したそうである。夫婦はペットホテルの利用を諦めた。

その後、2人が1週間留守をする時は、ベービーシッターとして、1日1回、エサ当番の若い女性が現れた。ほとんどが大学院生だった。彼らのうちのいく人かは猫じゃらしを持ってきて遊んでくれた。自分としては相手をしてやったつもりだけだった。

この家に来てかなりになる。ノラ猫を続けていたら、いろんな事故や病気でとっくに死んでいたかもしれない。最近、左の眼瞼《がんけん》あたりが無性にかゆく、手足でその辺りをかきまくっていた。私は獣医の所へ連れて行かれ、診察を受けた。さすがにこの時は神妙にしていた。組織の検査によって肥満細胞腫《ひまんさいぼうしゅ》という診断が下された。この腫瘍《しゅよう》はヒスタミンを放出するので、かゆくなるのだった。左眼球の摘出が妥当と言われたようである。夫婦は2、3日考えて様子を見る選択をした。

主人は、ヒトにはほとんど見られないこの腫瘍に関する知識をある程度持っていた。この腫瘍にはステロイドホルモンによって、治癒するタイプがあるというものだった。事実、私の腫瘍はこのホルモン療法が奏功し、2、3か月後にはかゆみは消えた。眼球摘出という恐ろしい話が出ていたなんて知らなかった。

私がこの家に来て20年を超える。居心地が良かったのは事実である。お客が来るのはイヤだったが、近頃では誰が来ても平気だ。ここでは、マグロ、ウナギ、イカ、アユなどおいしい魚がいろいろ出てくる。食いしんぼうの自分には

一番大事なことだ。今では少しでも鮮度が良くない物には横を向く。

さらに、ここでいいのは警戒せずに、十分に眠れることだ。特に、日当たりの良い日に、夫婦の寝室で、心地の良いアイロン掛けをする音を聞きながら、奥さんのベッドの上で仰向けになって昼寝するのが一番である。

この家で、感謝されていることが一つある。ここは山が近いせいなのか、ムカデが多い。私はムカデを捕らえることはできないが、ムカデのいる壁や天井をじっと見つめる。そのことで、家人がムカデを認識し、ムカデスプレーの登場となる。

この家に来て、幸せであったかどうか分からない。たぶん、自分は猫社会のことを少しも知らずに今日に至ったと思う。若い時、私にいかついガオウが恋心を持っていたことは察していた。彼とはガラス越しに顔を合わせたが、ときめきも感じなかった。後悔はしていない。最近、歳のせいで、腰の具合が悪く、夫婦の寝室がある2階へも自力で上れなくなった。庭を散歩するが、見かける猫は知らないノラ猫ばかりである。

時々、母のことを思い出す。あの別れ方は良くなかったのではないかと。

雉トラ：茶に黒の縞模様のある猫のこと。
肥満細胞腫：ヒスタミンやヘパリンを有する肥満細胞が腫瘍化したもの。皮膚や皮下にできやすく、リンパ節や全身に転移することもある。

5　ボクの歩む道　イチイの木

ボクは樹齢200年の針葉樹のイチイの木だ。

イチイの木は15メートルほどの高木で、円すいの形をしており、秋に赤い実をつける。イチイの名は仁徳天皇から正一位《しょういちい》を授けられたことに由来する。地域によっては神前の玉串として使われている。

ボクが歳をとっているように思われるかもしれないが、もっと先輩の木と比べれば、まだ青二才である。最も長生きする針葉樹はスギで、屋久島という所には

2000年を超えるスギの木があるみたいだ。針葉樹がこの世に現れたのは広葉樹より、はるかに古く、1億7000万年前とされている。

ボクが立っている所は美濃の垂井という関ケ原に近い山麓で、中山道が見下ろせる。ボクが生まれたころは明治維新の少し前の慌ただしい時で、中山道を兵隊さんと大砲を積んだ荷車が西から東へ通っていったのを覚えている。近くに450歳のイチイの先輩の方がおられ、関ケ原の戦いが行われたのを見物したと言っている。たくさんのヒトが死んだとされている。この先輩の木の根元で傷ついたサムライが休んでいたそうだ。

もっと高齢の900歳ぐらい生きておられるイチイの大先輩は源義朝が平治の乱で敗れ、子どもたちを連れ、東へ逃れて行くのを見たそうだ。その関係で傷を負って亡くなった源朝長の墓が近くにある。今は近くを新幹線や高速道路が通っている。ボクたちは何にも変わっていないのに、ヒトの社会のみが激しく変わった。

ボクたちは香りのメッセージなどを使って周りの木と情報を取り交わしている。芳香物質を使うのだ。樹木が発散する芳香はフィトンチッドと呼ばれ、リフレッシュできる森林浴の由来となっている。さらにボクたちは、信じられないだろうが、根から根へとメッセージを送ることによって、仲間たちに情報を伝えることもできる。つまり、木は空中を通じて情報を交換し、地中を通じて、刺激の伝達、情報の共有を行っている。さらに木々は自分を守る能力も持っている。ナラの木は昆虫に対して毒のタンニンを樹皮や葉に持っている。ヤナギのサリシン、クスノキのショウノウもそうだ。ボクたち針葉樹は虫に対して有毒なテルペンという物質を発散して身を守っている。こうして樹木は仲間と共に困難を克服して生きてきた。

樹木には植林されたものとボクたちのような野生のものがある。植林された樹木は発育が早く、80年から120年ぐらいで伐採される。植林されたもののうち、町の街路樹は排気ガスなどによる厳しい生活環境

のため、長生きできない。それに比べ、野生の樹木はゆっくりと成長する。おかげで、内部の細胞が細かく、空気をほとんど含まない。従って、柔軟性が高く、嵐がきても折れにくく、細菌感染も少ない。

森林はバランスの取れた生態系で、どの生物も独自の役割を持っている。動物にとって森林は食物のデパートみたいな存在である。木々は糖質、セルロース、炭水化物などの形で、高いカロリーを有している。樹皮と木質の間にある透明層は動物にとって栄養満点の食物となっている。われわれ樹木は動物に対しても有毒な種々の物質を使って身を守っている。

ボクたちにとって、虫類は代表的な敵だが、草食動物はもっと手荒な敵だ。彼らは1日数キログラムの食べ物を必要としており、木の芽、樹皮、若木そのものをむさぼる。ひどいのはシカで、下あごにある門歯で、樹皮を下から上まで、はがしてしまう。そんな時には被害を受ける樹木は強い不快感を覚える。

動物たちは樹木を食物としてだけではなく、住宅としても利用する。幹に数センチほどの深さの穴をあけるのはアカゲラやクマゲラなどのキツツキだ。キツツキに穴をこじあけられる時は痛い。キツツキは健康な木に穴をあける。しっかりと長持ちする巣を作ろうとするからだ。キツツキにあけられた穴には菌類がとりつき、木質を分解する。こうしてキツツキが生活できる穴となる。穴はその後、大きくなって、リスやムササビなどの住居となり、もっと大きくなって、フクロウのような大型の鳥のすみかとなる。こうなると木の生存が危うくなってくる。

われわれ木々は無抵抗主義者ではない。こういう動きに必死に抵抗している。例えば、傷口を防ぎ、時間をかけて再生をはかり、こぶを作る。木々にこぶがあるのは大抵、このような再生の結果である。

ボクたち樹木は足がないので移動することができない。移動する動物をうらやましく思っている。しかし、ボクたちは子孫をつくることで遠くへ移動することになる。その際、われわれ樹木は花粉や種子を飛ばしている。もちろん、種子を飛ばさなくても鳥や虫などの種子散布者による繁殖の手もある。

スギやヒノキは毎年花粉を飛ばす。花粉の粒子は30ミクロン大で、飛ぶ距離の最大は300キロメートルを超える。これによってヒトは花粉症を患う。しかし、それはスギやヒノキの責任ではない。彼らの多くは植林されたものだから。

以前から、ボクはイチイの先輩たちと話している。山林が植林されたスギの木の多さのために単調になり、この国の森林の豊かさが消失してしまったのではないかと。広葉樹の場合は、毎年種子を飛ばすことが決まっているわけではない。

ブナやナラの木が実をつける年は限られている。実をつけない年はシカやイノシシやクマたちは大変困る。クマが人里に下りてくるのはブナやナラが実をつけない年である。その年は各地で、クマ騒動が起きる。木の実の50

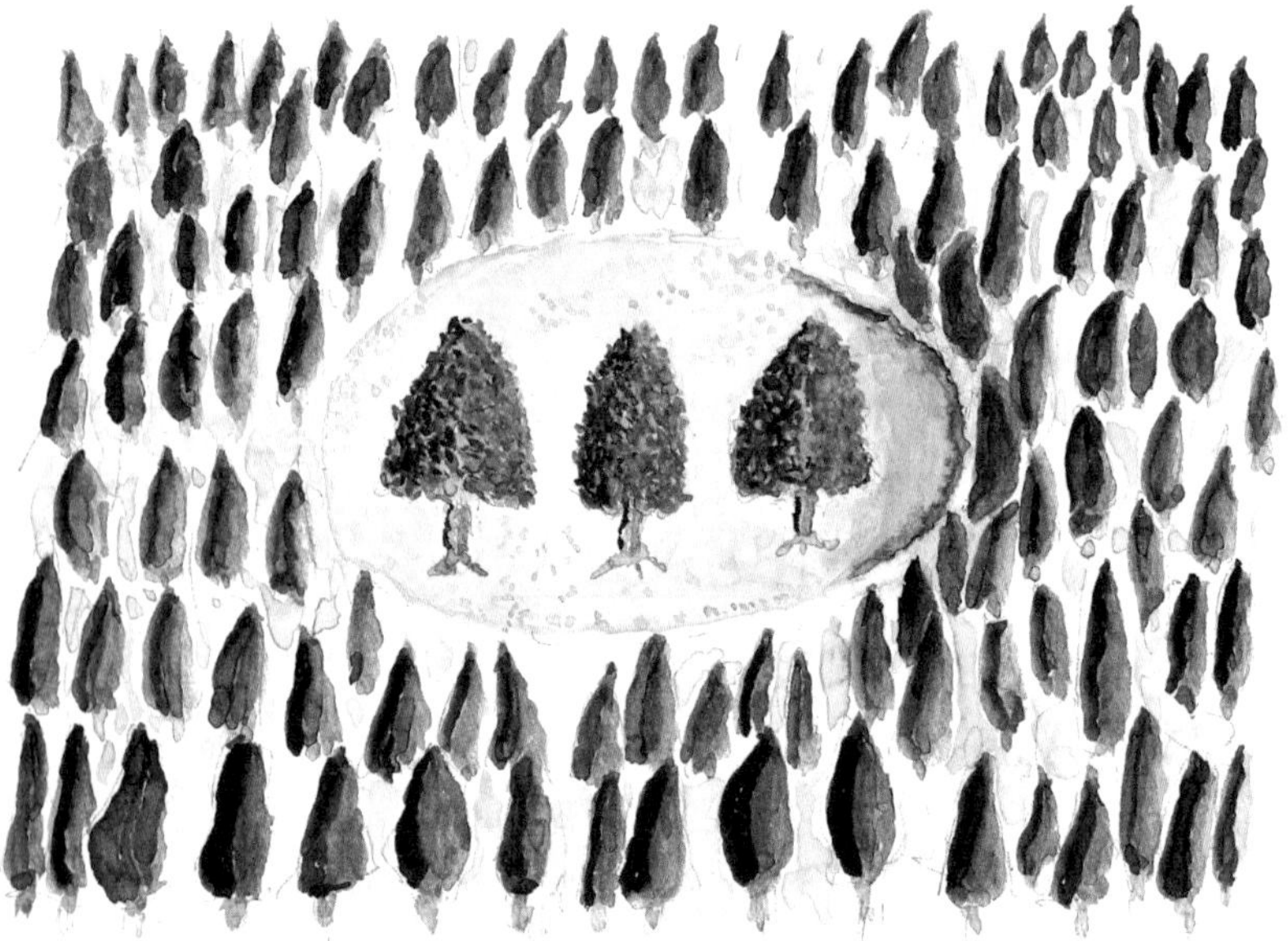

パーセント近くは脂肪とデンプンで、栄養満点の食べ物なのである。

ボクたちが花粉を離れた所へ飛ばす理由の1つは近親交配を避けるためである。要は種の多様性に関わることだ。このような種子の移動は大きな観点から言うと、地球温暖化や寒冷化に備えるものとも言える。おおざっぱに言うと、温暖化の場合には北へ、寒冷化の場合には南へ移動するのが原則だ。ボクたちの体感では間違いなく、今は温暖化に向かっている。従って、ボクたち樹木は種子を使って、できれば涼しい北へ向かいたいと思っている。

いずれにしても、樹木は厳しい環境の変化と向き合っている。ただ、樹木はあらゆる手を尽くして環境の変化に対応しようとするが、それでも足りない場合は遺伝子の多様性を使って生き延びていくしかない。つまり、生き延びられる種の選択である。

地球温暖化などによる気候変動のため、熱波、山火事、干ばつなどの異常気象が頻発している。これによって樹木の枯死や森林の衰退が起こりつつある。一説によると、雷が落ちただけで、半径15メートルの範囲のたくさんの木々が死ぬ。ただし、森林火災の原因のほとんどが、ヒトの不注意によると主張したい。樹木は種子によって繁殖するが、温暖化により、異常開花が発生し、大量の種子を生産することも起こる。その場合、樹木体内に蓄えられている糖分が減少し、われわれ樹木は衰退してしまう。

ヒトは燃料として石油、ガス、石炭を燃やし、二酸化炭素を大気中にばらまいてきた。地球の温暖化防止には、温暖化への影響が最も大きいとされる二酸化炭素の大気中の濃度を増加させないことが重要だ。森林は二酸化炭素を吸収し、温暖化の防止に貢献している。しかし、ボクたちのいる森林が果てしなく二酸化炭素を蓄え続け得るのだろうか？

ヒトはアマゾンを含め、森林を広い範囲で伐採してきた。気候変動に対抗する手段として森林を利用するなら、木々を長生きさせねばならない。森林を若返りさせるのに年老いた木を倒し、若い木を植えるのが良いという考えもあるが、正しくはない。幹の直径が1メートルの木は50センチの木に比べて3倍のバイオマスを生産するというデータもある。若い木より、老木の方が生産的であることをヒトは知らなければならない。ぜひ、ボクたち年長の木を大事にしてほしい。

ボクは今までに、多くの先輩や後輩がいろいろの原因で亡くなるのを見てきた。しかし、彼らの体は後に虫やキノコなどの食料、小動物のすみかとして役に立つはずである。これは自然の摂理だ。いつか、ボクの寿命が尽きる時がやってくる。息を引き取る時には、最後の力をふり絞って香り物質を放出し、根のネットワークも使い、周囲の子どもたちへメッセージを送りたい。環境の変化にうまく対応してくれと。

本稿の制作にペーター・ヴォールベンの『樹木たちの知られざる生活』（長谷川 圭訳、早川書房）を参考にさせていただきました。

イチイの木：日本全土の山地に自生する常緑針葉樹。シャクノキ、キャラボク、アララギなど別名が多く存在する。
平治の乱：保元の乱での勝者である源義朝と平清盛が争い、平家が源氏を倒した1159年の乱。
フィトンチッド：リフレッシュできる爽快感をもたらす森林の樹木が発散する芳香。
テルペン：植物の精油成分に含まれる成分で、特有の香りをもち、植物を外界から守るといわれる。
無抵抗主義者：社会的不正・圧政に対して、非暴力的手段によって抵抗する主義。
バイオマス：再生可能な生物由来の有機資源で、化石資源を除いたもの。

あとがき

私は長い間、岐阜大学で病理学教室を主宰し、教育・研究を通して人材育成に努めて参りました。その後、大学の管理・経営の仕事に携わることになりました。従って、私の書き物は研究論文や科学研究費にかかわるものなどから、大学のあり方や将来計画の作成などに変わっていきました。特に、学長としては入学式と卒業式の告辞の作成に労力を要しました。

大学を退任してからは病理診断医になったため、毎日、顕微鏡観察を行い、病理診断に関わる記載を電子カルテに入力する病理業務が日々の主たる仕事になりました。ただ、その中で、しばしば稀有な症例に遭遇することがあり、病理診断を中心とする症例報告の論文を英文誌に発表してきました。また、病理医として医療講演を地域の人々を対象に行っています。

おかげさまで、結構、充実した日々を送っています。

私には文学の素養は全くありません。かつて、俳句に秀でた友人から俳句の句会への参加の誘いを受けましたが、すぐに断りました。私の妻は万葉集を誦じ、お経もすらすら読みますが、私は全然できません。私には不眠症があり、睡眠導入のため、布団の中で、1時間ほど読書をする習慣があります。生物、歴史、心理、冒険、産業など手当たり次第の乱読です。そのため、広くて、浅い知識だけが人並みです。私にはいつのころからか分かりませんが、童話を書きたいという夢がありました。童話とはいえないかもしれませんが、第1話がそれに近い私の深層心理のようなものです。童話は子どもに愛されるものですが、深淵な真理が凝縮されています。分かりやすく、素直に表現するのは大変難しいものだと思います。私は童話作家を心から尊敬しています。

今回のシリーズでは、少しだけ、思想とは言えないものの、思い入れを入れています。第1話では長良川河口堰です。この堰に関しては建設当初から賛否両論がありました。秋になると婚姻色で川が真っ赤になるほどいたウグイは今の長良川ではほとんど見かけません。シアトル郊外の堰でしっかりした魚道を見たことがあります。長良川の河口堰の魚道は構造的には理にかなっているようでも、やはり問題があるように思います。第5話では地球温暖化の課題に触れています。ここでは山をスギだらけにしてしまった日本人の負の遺産も取り上げています。単一民族の日本人は森林の多様性の意義を理解しなかったかもしれません。第2、3話は原則として、自然界にはないストーリーです。しかし、私はこのようなこともあると信じています。第4話は愛玩動物である猫に対する利己的な愛情の物語で、唯一の実話です。ただ、すこし恥ずかしい内容です。

ご承知のように今の世界にはあまりにも悲惨なことが多々存在します。ウクライナしかり、パレスチナしかりであり、このことが国際的なエネルギー問題、食料問題などに発展しつつあります。日本がこのような問題に真摯《しんし》に向き合っているか怪しいところです。今年の正月にはまた悲惨な自然災害が発生しました。この島国には大きな自然災害が定期的に発生します。地震予知の解明はいまだ遠い先です。スマホのアラームが鳴ったことがせめてもの進歩でしょうか。

本書の内容は世相とはあまりにもかけ離れたものかもしれません。ただ、ストレス社会にいる読者がひと時、ほっこりする気分になっていただけたら幸いです。今回の出版にあたり、岐阜新聞出版室の皆様にお世話になりました。心から感謝申し上げます。

著者プロフィール

森　秀樹（もり ひでき）

専門分野：腫瘍病理学

1943年生まれ。

岐阜大学医学部卒業、岐阜大学腫瘍病理学入局、医学博士、米国ニューヨーク州ネイラー・ダナ研究所客員研究員、岐阜大学医学部助教授、浙江医科大学客員教授を経て岐阜大学教授。1999年岐阜大学医学部長。2004年国立大学法人岐阜大学理事・副学長。2008年同大学理事長・学長。2014年同大学退任(名誉教授)。同年大垣徳洲会病院政策顧問 / 病理診断部長(現職)。

名誉会員：米国癌学会、日本癌学会、日本毒性病理学会、日本がん予防学会

その他：岐阜県世界青年友の会会長

受賞歴：2004年日本病理学会宿題報告（現日本病理学賞）、2005年高松宮妃癌研究基金学術賞、2015年岐阜新聞大賞（学術賞）、2019年叙勲（瑞宝中綬章）

ボクの歩む道

著　　者　森　秀樹
発 行 日　2024年7月11日
発　　行　株式会社岐阜新聞社
編集・制作　岐阜新聞社読者局出版室
〒500-8822
岐阜市今沢町12　岐阜新聞社別館4階
電話 058-264-1620（出版室直通）
印刷・製本　西濃印刷株式会社

価格はカバーに表示してあります。
落丁本・乱丁本はお取り替えします。

ISBN978-4-87797-335-3